GESTOS DO INSTANTE

GENISSON ANGELO GUIMARÃES

GESTOS DO INSTANTE

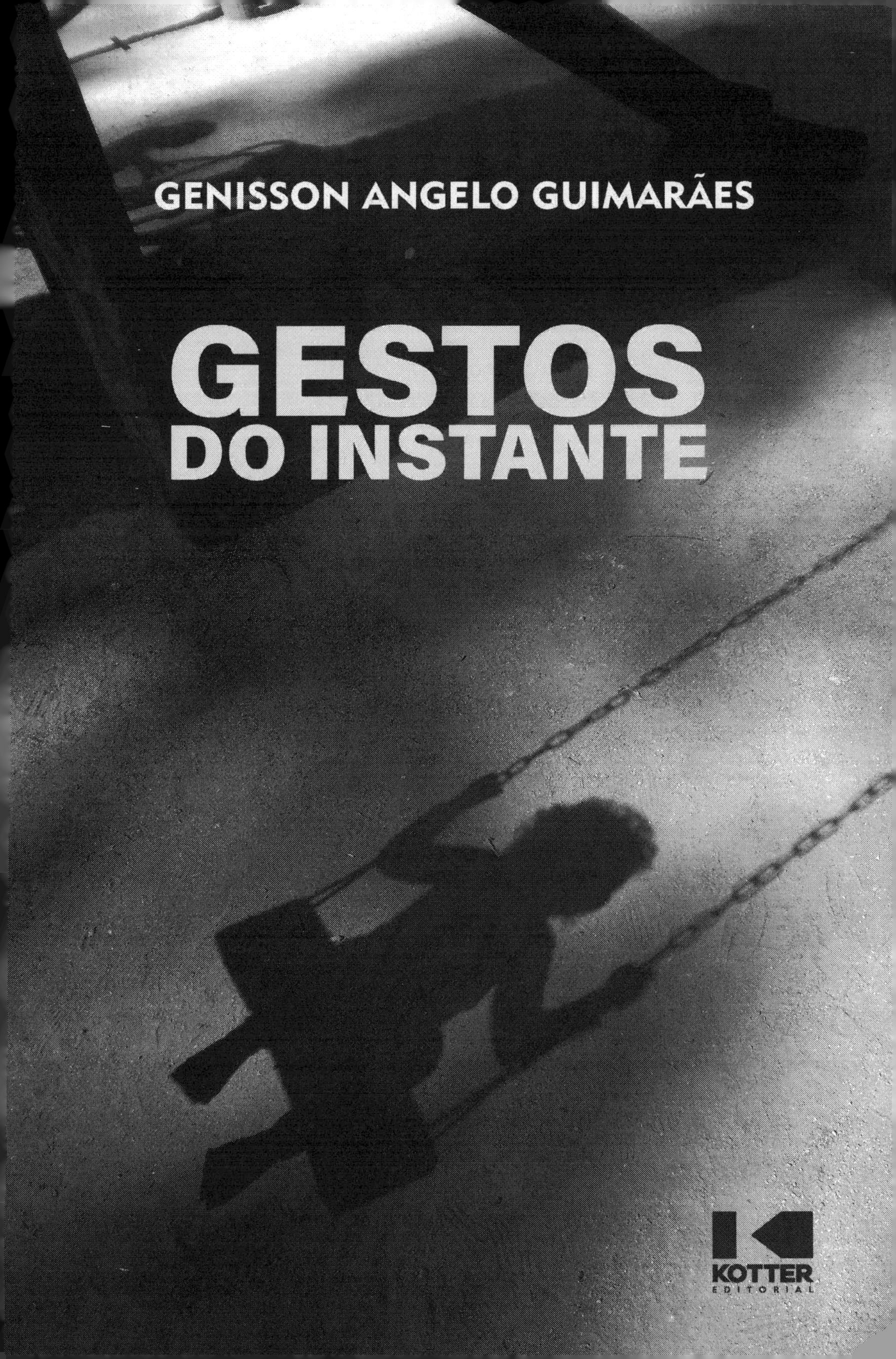

KOTTER EDITORIAL

Coordenador Editorial
Sálvio Nienkötter

Editor Executivo
Claudecir de Oliveira Rocha

Editores Adjuntos
Daniel Osiecki / João Lucas Dusi

Capa
Jussara Salazar

Projeto Gráfico
Andre Luiz C. Mendes

Foto da Capa
do autor

Produção
Cristiane Nienkötter

Dados Internacionais de Catalogação na Publicação (CIP)
*Angélica Ilacqua - CRB-**8/7057***

Guimarães, Genisson Angelo

Gestos do instante / Genisson Angelo Guimarães. -- Curitiba : Kotter Editorial, 2023.

92 p.

ISBN 978-65-5361-171-9

1. Poesia brasileira I. Título

23-0616 CDD B869.1

Kotter Editorial
Rua das Cerejeiras, ***194***
82700-510 | Curitiba/PR
+55 41 3585-5161 | www.kotter.com.br | contato@kotter.com.br

1ª **Edição |** ***2023***

"Tudo, aliás, é a ponta de um mistério. Inclusive, os fatos. Ou a ausência deles. Dúvida? Quando nada acontece, há um milagre que não estamos vendo."

Guimarães Rosa – "O espelho"

"O meu pai escreve poemas para descobrir aquilo que ele não sabe."

Valter Hugo Mãe – "A desumanização"

Para Clarice, minha gota de sangue no oceano do mundo.
Para Carla, meu oceano.

Sumário

Gestos

Gesto
semitom do silêncio
sustenido real
para lá de musical

Gesto
evanescência e continuação
erupção
aceno de consumação

Gesto
gestação
gesta a ação
à espera da continuação

Gesto
rastros em derrelição
rasgadura muda do silêncio
pura realização

Gesto
entre da comunicação
simulacro
da consagração

Gesto humano
semântica
em gestação
silêncio
à espera da ação

Tempolhar

Olho em teus olhos
e não te vejo

Cega-me
uma nova ordem

Ambivalente
em sua dor
e
em seu amor

Um novo pensamento

D
E
S
A
B
A

Sem palavras

Um novo entendimento
não escrito
Inscrito
Nos tempos que virão

No céu
No mar
Na terra

E m   t e u s   p a s s o s
Em teus abraços
Eu tuas lágrimas

Olho em teus olhos

E não te vejo

Perco-me
absorvido
em um simples olhar
nas
águas
vastas
de teu
mar

Tempovoz

Por anos caminharei ao teu lado

Mesmo quando não encontrares pegadas no chão
às encontrarás
luminosas

Nas palavras

É para ti que escrevo
esta tarefa suplicante
solitária
das madrugadas
rastejantes

Não olhes para cima
estou aqui
aqui

Nas palavras vivas

Que não aprenderam a morrer
e mesmo assim
renascem a cada vez
ao modo próprio

Do amor que vela
teus caminhos
que são

Simplesmente
os teus caminhos

Perdoe-me se te amei
sem um deus
diziam-me que era preciso
mas é que de tão puro
meu amor
já é algum deus
sem precisar de nada mais

Além

da luz do sol a te olhar
dos traços da terra a te desenhar
da brisa suave a te guiar
dos sons da natureza a te falar
das palavras dessa poesia
a te agasalhar
e que nunca te desertarão
pois sempre estarão a te beijar

Deixo-te agora
sem te deixar
apareço cada vez mais
justo no ocultar

Olhe em meus olhos
e perguntes
o que precisar

No silêncio das palavras
verdadeiramente
me encontrarás

Clarice na mochila

Quando vires
uma mochila qualquer
de um estudante qualquer

Pesada

de tanta matemática, ciências, biologia, física

Sopese

essa mochila qualquer
de um estudante qualquer

Com

Clarice
e sua
GH
ou
Macabéa
ou ainda o cego mascando chiclete

Assim
A matemática e suas comparsas
pensarão mil vezes
antes de tentar
fechar
as possibilidades
do mundo
dessa criança

v
e
r
g
a
d
a
de tanto
peso

Dois mais dois igual a quatro não é resposta. É beco sem saída. – Clarice Lispector

A valsa esquecida

De tanto
fagocitar
e
metabolizar
as
palavras
desaprendeu
a
dançar
com
as
palavras

Des-caminhos

Um novo dia
ou o mesmo dia
outra vez?

Levanto-me sob os mistérios
da escuridão
e logo elas chegam
de onde nunca partiram

No bailar furtivo
da inocência
do recomeço
para onde
me levarão
hoje?

Belas e suaves?

Pesadas e espinhosas?

Sempre abertas
em conexão poderosa
e reinícios inesgotáveis
Desfazendo-me
e
Esparramando-me
por aí

Em algum isso
esse alguém qualquer

Para onde iremos hoje?

Não saiam de minha boca
nem se aproximem de meus ouvidos

Se forem trair

O céu desconhecido

A estrela anônima

O animal secreto

Sois tudo e nada

Uma tentativa desesperada
de aparência
que se sustenta
até o som final
da última letra
da última palavra

Partida

Teu rosto
derramado em meu colo
horizonte de horas, dias e anos

Insinuado apenas

Na alvura de tua pele
na escuridão de teus olhos
sem pegadas
ou
fotografias

A viagem na instância longínqua

Insinuada apenas

Em teus impulsos febris
insolúveis

Abandonas as escamas
placentárias
minha única
promessa cumprida

Declamas tuas palavras
no vale
de teu tempo

Ergues monumento
diante do qual

Restará

A mudez
de um coração
satisfeito
abastecido de palavras
a dizer

Minha filha
vais
e
depositas tua gota de sangue
no oceano do mundo

Vigência

És tão pequena
e já trazes tanto
entre as linhas das palavras
infantis
que deixam tua voz
de criança

Tuas palavras não são as de um
adulto
contaminado
pelas horas e horas e horas
de olhos fechados

São palavras de olhos abertos
que ainda veem o mundo
no próprio do mundo

Olhos a ver bolhas subindo na panela
em frenesi
transmutadas em fumacinha
a ganhar os ares da cozinha

Olhos a ver que trabalhar é
sentar
esticar
desenhar

Para quem as experiências são experiências vivas
e não horas
agendadas na incessante inquietude
do nada a dizer
desse falatório
desassossegado
do mundo

Tu não vives no
instante
porque és o
instante

Sendo o
instante
quando o
instante
se apresenta
em seu caráter próprio de
instante
na radical
instantaneidade
instantânea

Tu simplesmente és

V i g ê n c i a   p u r a

Para quem o espanto ao ver os peixes respirando é espanto puro
[aberto e vigente na vigência do existir
Até que a ciência venha com a tentativa de assassinato do mistério
[por meio das guelras
Sem perceber que não adianta desencantar o mundo que é o teu

És tão pequena
e te prometo
lutarei
incessantemente
para que cientistas, religiosos e vendedores
não destruam

A beleza e o encantamento

O assombro do instante do desvelamento

Do mistério de tudo o que

É

Entre folhas e palavras

As folhas balouçam ao sabor do vento
as palavras balouçam ao sabor da língua

A luz do sol passa por entre as folhas
o sentido passa por entre as palavras

O acordo entre as palavras e o mundo
é da ordem do acorde
das plantas aquecidas pelo sol
nunca melódicas na indistinção da luz do dia

Na escuridão noturna
continuam não ditas
mas embrenham - se e confundem-se com a escuridão
aguardando a próxima lufada

Para se nos dizerem

No farfalhar

Sem voz

Do silêncio puro

A palavra mais palavra que as palavras

Quem sabe em
um minuto qualquer
de uma hora qualquer
de um dia qualquer
de um ano qualquer

Um copo com água caia ao chão
e ao explodir

antes que os cacos sejam recolhidos

Imediatamente
na subitaneidade do instante
do contato do copo com o solo
na rasgadura do vidro
no espraiamento da água

Mesmo que dure nada

A palavra Deus possa ser apenas o que é

Uma palavra
na qual podemos repousar
antes de recolher os cacos
e enxugar as lágrimas

Céu e terra

Há palavras que são céu

Deus, sagrado, inspiração, enlevamento, transcendência, evanescência, solar

Há palavras que são terra

Cadeira, pedra, argamassa, chinelo, carro, vidro, dinheiro

Há palavras que se pensam tudo dizer
Há palavras que se sabem nada tecer

Há palavras que iluminam mundos
Há palavras que obscurecem de modos imundos

Nenhuma palavra é em si, por si, para si
necessitadas que são

Da terra revolvida
Da linguagem arada
Da sedimentação requentada

O silêncio suplica
carregando a ferida aberta
das palavras lançadas

Palavras, vão com cuidado
não tentem dizer mais do que pode
ser dito

Mudez

As palavras
meras cicatrizes do silêncio ferido

Sempre retornam
emudecidas
ao silêncio

...

Para que o silêncio fale

Acontecimento dos acontecimentos

É preciso que as palavras se contenham
na ânsia de tentar dizer

O que não pode ser
dito

Quando o silêncio fala

As feridas cicatrizam

Indigência

Os mendigos
e
seus celulares

Cães sem dono
donos de seus cães

Despertam sem paredes
onde apoiar as mãos
e levantar da cama
feita de chão

Acordam no mundo
esses devedores insolúveis
e seguem de modo impassível
com todo os talentos solúveis
para o impossível

Não possuem armas de valor
nem charmes cotidianos nucleares
apenas álcool, moedas, pães secos
cães e celulares

Saem à caça
e se lançam
na caixa escassa
em meio

A empresários, bancários, estudantes, médicos, engenheiros
e gente do direito

Olham sem rumo
em meio a tanto prumo

Espelhos vagantes
caudas decaídas
de tempos rastejantes
afundados

Em

Matemáticas

Na piscina vazia

Sem olhos
        Sem ouvidos
                Sem nucas

Do progresso *(Des) humano*

Roubaram a pedra de Sísifo

Já dizia Platão

Sonho de pessoas despertas
urgente
em tempos
de ausentes
de verdades imediatas
mediadas
pela burrice
persistente
a desviar o olhar
e nos empurrar
para as trevas
pura dor
de uma vida
sem sintaxe
sem semântica
vagantes
sem cabeça
corpos massificados
sem palavras
ou caminhos
olhos petrificados
na
quadratura luminosa
do mundo
afundados na noite
ágil dos dedos
que não mais
passam páginas

vivas
pois jazem
mortos
na escuridão
luminosa
como um sísifo
sem pedra

Reencarnação resignada

A Prosa é a poesia morta

Reencarnada em um plano inferior

Onde os viventes não suportam

A arquitetura do ausente

O buraco dos adultos

No livro infantil
um buraco

A filha perguntou

Mãe, cadê o buraco
está aqui

Mãe, cadê o buraco
está aqui

Mas mãe, cadê o buraco
mas filha, está aqui
não tem buraco, mãe

Os livros infantis
exigem do adulto
que ele lave os olhos
na representação do mundo

Mas os olhos da criança
já nascem lavados

Livres como uma dança
ágeis como uma lança
incandescentes
como a esperança

Facticidade

É tanta necessidade de falar
que a possibilidade do dizer
não é mais possível

Carta de uma poesia aos prantos

Excelentíssimos Senhores Recortes Técnicos

Venho por meio desta humilde
e silente poesia-missiva

De-significante
em suas veladas intenções
Guardiã da inaparência
em suas remotas origens

Pedir-lhes

Diante de vossa luminosidade

Que a tudo significa
Que a tudo expõe
Que a tudo metrifica

Por favor
não recortem

O inseparável

Aquilo
que

Ao não entender
me faz estremecer
e apenas

Permanecer

Um conto de fadas moderno

Era uma vez
um mundo de claridade e escuridão

O escuro permitia
em sua inaparência
o que aparecia aparecer
que não era o que a luz permitia ver

O escuro era o guardião do desvelamento, esse entre que subsistia em si, sem para que ou porquês, vigência pura

Mas fez-se luz
mas foi tanta luz
que a indistinção da escuridão
virou a indistinção da luminosidade

E as pessoas
adquiriram a incrível capacidade de

Des-ver

Poesia, trazes um pouco de escuridão ao mundo
só assim a possibilidade da possibilidade do desvelamento virá à luz

Terapia 1

O partilhante
que partilha
partes
que falam o embaraço
íntimo
que só quer um abraço
E
Um
Pouco
De
Espaço

Estruturas des-topicadas
que falam para guardar o silêncio
que silenciam para que
certos gritos sejam ouvidos

Categorias des-categorizantes
minha história?
uma troça
retumbante!

Não queira me conhecer
a partir de meu radical desconhecimento
que desarvora em signos
tais como estes
que nada pretendem
que não
uma certa confusão
enganação
à espera
do cochilo da razão

Sensações, se façam menino de recados
e verguem
um a um

O exército das palavras laváveis

Que possas calar as palavras lentas
para dar passagem às palavras relâmpago
rápidas, de-significantes e luminosas, que abrem novos céus
onde escuro é uma palavra clara
e onde molhado é uma palavra seca

As palavras - peixe se debatem na areia
da praia
cercada por curiosos

Obcecados

Enquanto o peixe luminoso
nada – desconhecido – no fundo do mar

E finalmente
que eu possa me ouvir ao mesmo tempo
em que me obedeço
que eu possa pensar ao mesmo tempo
em que agradeço

Você não me conheceu criança
Você não conheceu minha avó
Você não leu os livros meus, singulares nos vincos, marcas e dobraduras
Não me venha com métodos

O único caminho possível
É o meu método próprio de desencontro

Só espero de ti
um pouco mais de des-entendimento
um pouco mais de des-razão

Enquanto nasce esse poema
os super destinatários
vão ficando pelo caminho
silenciando seus pergaminhos

E agora

Descerrando as cortinas
faz-se algum des-ocultamento
DA PALAVRA
que é pensada ao mesmo tempo em que
é obedecida

E que é pensada
ao mesmo tempo em que é
encharcada

De gratidão pura
e
presença ausente

Do mistério vivo que
sou

Terapia 2

Uma pessoa fala e escuta

Outra pessoa escuta e fala

E mais ninguém

Apenas a voz sem voz
do mistério

Que grita
na mudez própria
que não diz
o mundo

Recomeço

Domingo à noite
é o fundo
do buraco
da semana

Falemos então!

Já dizia Lacan, falamos porque temos buraco

Adulto

Quem ainda não (re)aprendeu a pular o entre entre os instantes para chegar a outro entre entre os instantes pensando que chegou em algum entre mais entre que os outros entres

Sete palmos

Ele mede palmo a palmo

Os minutos, horas, meses do tempo

Os centímetros, metros, quilômetros do espaço

Os centavos, as dezenas, as centenas do real mais real que o real

As palavras, as frases, as orações da língua narcísica

Os movimentos do corpo que nunca se libertam

Ele é a pessoa do s e m

Diálogo sem presença

Presença sem afeto

E sem mais nem menos
agora jaz
sete palmos
medindo a madeira
seu novo teto

Serenidade

As cercas onde penduramos nossas vidas
são cercas
fincadas na tragédia
definidoras de limites
que limitam
mas dão forma e direção aos nossos
ingênuos anseios
convocando-os

À serenidade da aceitação

De que o trágico é
o elemento do

Ser
Que
É
Sempre
Ser
Pendurado
No
Mundo

Mudança e permanência

A casa está uma bagunça
não, não está
não há mais casa
que bagunça que há?

Há labirintos de caixas
serpentinas de fitas crepe
móveis com bolhas que estouram
enquanto as crianças (invisíveis)
exploram

A bagunça dos adultos

Que não passa
de
uma grandiloquente
brincadeira de criança

Lá embaixo
um caminhãozinho
que pinço
entre os dedos

Aos poucos
os móveis ficam pequenos
embarcam
com fisionomia feliz
para a viagem última
treze andares
debaixo de meu nariz

O vazio vai ganhando espaço
ocupando o lugar dos móveis
mas o vazio de gente
como a casa preenche?

Com mais gente.
E mais gente
E mais gent
E mais gen
E mais ge
E mais g
...

Um dia acaba?

A casa cai?
ou caímos nós
na nossa casa
que anda com a gente
igual buraco
anda com avião?

Relação umbilical

Infindas vezes
invoquei tua presença

Fostes minha primeira palavra

Meu primeiro alimento
Meu primeiro mundo
Meu primeiro alento

Absorvestes-me

Em teu tempo
Em teu espaço
Em teu corpo

E agora

Esgotado teu tempo
resignada ao espaço inexistente
no silêncio de teu corpo
sou devolvido ao mundo
jogado mais uma vez

Mas sem tua esfera a me envolver

Fui expulso do único paraíso possível

As rosas estão no chão

O féretro acabou de fechar ...

Nesse momento de ausência

Meu mundo foi reabsorvido
perdeu-se de si
e nesse instante
parte para se reconquistar

Céumistério

Céu
janela explodida
sem parapeito ou cortina
teto que escapa
da vidraça

Da linguagem

Que diz o que não pode ser dito
des-dizendo
a vigência pura
do indizível

Céu
azimute ortodoxo dos passos
enlameados
dos absorvidos
na areia movediça
de sacralidade ausente

Luzes geladas alumiam
os desvãos escuros
das sedes insopitadas
Onde

O

Amontoado de ausentes
satisfeitos nas insatisfações
estandardizados nas absorções

Embebem-se

Das horas dos dias
gotejando por aí a melancolia mansa
da palidez fria dos mortos
de sangue quente

Querem sempre mais
mas não aprenderam a olhar para o céu
sem metafísica alguma
na própria
tonalidade cor de rosa da tarde
a iluminar os caminhos perdidos da infância
tempo da tranquilidade morna do tempo recuado

Diante das nuvens na poça d'água
somos crianças
paralisadas
diante do salto
com medo do abismo fundo
sem fundo
da finitude do instante

No tempo

À porta
da cápsula perfeita
de portas de aço
que impedem
o acesso

Ao delicado clima perfeito

Da distancialidade da distância
Da ausencialidade da ausência

Da inaparência do céu que permite

A aparência do céu aparecer aos nossos olhos

Que precisam desVER
Para transVER
E reaprender a VER

O céu no mistério próprio de céu

Crepúsculo

Há anos que te escrevo

Trazes contigo as correntes
que serpenteiam em meu peito

Busco as paredes lisas e alvas
só encontro o rastro e a semente
do limiar
do claro-escuro, do dia-noite, da ausência-presente

Resta-me o esquecimento renovado
dos segundos que gotejam
lívido sabor do que poderia ser
mas nunca é, pois já foi

Quando te aproximas
oferta-me a fisionomia da morte
esse entre suspenso por um fio
que não se decide
decido eu então
com vós, palavras

Quando escrevo
carrego-te morto em meu coração
não por vaidade ou alegria

Quem me dera!

Pela necessidade
de que venham os dias e as noites
límpidos, definidos, acrepusculares

...

Antes que o dia se espalhe
estou aqui
no silêncio rigoroso
da escuridão que ilumina
meus pensamentos
no ainda não
das vozes e dos movimentos
que moldam nossos dias

Ouso a subversão
e crio meu espaço e meu tempo próprios

O crepúsculo ao contrário
a quinta hora do novo dia
é o rosto tardio
dos pensamentos intocados

É a fisionomia mais doce e caridosa
sem dentes, amorosa

Da morte

Aletheia

Quis conhecer
ficando escondido no
conhecimento

Acabou conhecido por
um conhecimento
que se revelou
no que se ocultou

Eis o mistério

A mais alta
instância da
verdade

Encontrado com vida

Andava perdido, dado como morto, quase-morto

Quando me abandonei em ti
fui encontrado
vivo, muito-vivo
esse
morto-vivo-muito-vivo

Passageiro de algum trem

O pão o observa
observado mergulha no não nomeável

Hóspede passageiro

Resta-lhe não muito mais
que alguma conversa insignificante
convicta
do nada a dizer

Que fazer?

Não há outra opção

Que não

A intriga das palavras laváveis
A caminhada ao lugar algum
O silêncio como destino

Em suma

A cumplicidade original dos limites
explícitos
da eternidade
...

Dor

Para I.D. e M.S., mães, presentes na ausência

O sofá é dela
o prato é dela
o lugar à mesa é dela
o programa de TV favorito é dela
a cama é dela
o travesseiro é dela

Nesta hora perfeita

Resta o silêncio
que é o dela

É esta a hora do não-mais que tento transmutar em ter-sido

Como faço essa transmutação de dor em gratidão?

Com as palavras que nada tocam?

Com o sentimento rebelde que me sufoca?

E as vozes misteriosas que sussurram em meus ouvidos
espectadores imberbes de meu dilaceramento cujas
prescrições convulsivas roubam meu ar
e bailam na insensatez?

Presença ausente
teus objetos e tuas horas te aguardam
rompes com o instante real do nunca mais
e provoca com tua aparição
o fim dos murmúrios das gentes
de fala indolente
nessa noite solitária
em que até a lua

Permanece na penumbra dos
E s q u e c i d o s

Devolvida

Nossas xícaras estão vazias
mas continuam transbordando
o não vivido

A criança não corre pela sala
na outra vida que não
vai embora

Vida onde sou
a mim mesma
devolvida

Resta aos meus ossos

Escrever

Para me perder do viver

E enfim ser vivida

E por fim quebrar a ponte
que une as duas vidas
dessa dor desmedida

Fenomenologia

Só sei que nada sei

Resta-me

Ver

e

Descrever

Oração do quando

Quando o diagnóstico
chegou

Ó dor

Palavra feia
linha reta
sem poesia
sem hipocrisia
puro despudor

Quando a dor
chegou

Atrasada
ultrapassada
pela palavra feia
que a ciência
anunciou

Quando
o tempo
findou
O sofrimento acabou
(o dela)
o meu
começou

Quando
todos os
"quandos"
se foram
a subitaneidade
do agora
desabou

E quando o
quando
voltou
a gangue das palavras lideradas
pela letra "i"
chegou
irremissível, irredutível, inconsolável, irreconciliável, irreparável...
tantas palavras
tomaram de assalto
apenas
para dizer que
não haveria mais
um mísero
quando

Dança pandêmica

Menina que dança
daqui
de meu isolamento
sinto
o teu desolamento
nessa dança
que nunca se cansa

Teus pais gritam
palavras espinhosas
e atiram
um no outro
pedras
ásperas
ressentidas

Por uma história qualquer
humana
nada estranha

E tu menina
és a menina que dança
em minha fotografia
diária

Dia e noite

Desse tempo

De máscaras
que disfarçam
outras máscaras
de medo
que disfarçam
outros medos
de políticas
que disfarçam
outras políticas
de mortes
que não disfarçam

Menina que dança
resistes
não desanimes
diante
do vírus
e
de
teus pais

Berço e morte

Noite envenenada

O gosto do café
frio
sussurro
que vem
do
berço vazio

Choro estrangeiro
de uma criança qualquer
de um lugar qualquer

Gesta

Memorias imberbes
de
um tempo
eternamente
adiado

Debaixo de
um céu incompreensível
que
emana
águas desconhecidas

Em uma
terra
devastada
pela vida que não é

Ser-no-sono de domingo

Tenho uma vida
e dois amores

Uma mulher menina
e uma menina mulher

Dormem ao meu lado

enquanto

espero meu sono chegar

Elas respiram
e criam ar para meus pulmões
nessa única vida
minha
delas
donas de meu existir

Carros
latidos
o canto dos pássaros
lá fora
os estalidos orgânicos da madeira
aqui dentro

Invadem o espaço
nesse recinto fechado
que concentra em meu ser

O sentimento da existência

A menina desperta e chora
a mulher desperta e expõe o seio
seiva materna
amor

Mulher e menina
uma só
corpos contíguos e contínuos
metamorfoseando intimidades

Adormecem

A consciência
divorciada do sono
que
não vem
exige palavras - Pobres!

Mudas pressuponências
translúcidas
dizem sem tocar
música da separação

Nostalgia

Da Relação Pura

Amor como esse
salva o mundo

Outorgando-lhe
flores de olhares
melíficos
e
borboletas que pousam
em nariz
de mendigo

Não durmo

Restam-me as palavras

Insuficientes

E o ar que respiram

Suficiente

A luz crepuscular
sussurra-me
o quanto de amor há
em uma tarde de domingo
dessas
em que nada acontece
mas acontece
o que importa

Brasil quinhentos mil

As coisas andam silenciosas
coisas, digo, mundo

As pessoas dentro de casa – emudecidas

Retumba nos ouvidos o sussurro dos mortos
o resfolegar dos pulmões
indigentes
abandonados pela técnica
e pela gente
neste excesso contingente
de pessoas doentes

O discurso
retórico para embrulhar peixe
doutrinado
na tradição
mergulhou
no mar obscuro dos mortos
e
silenciou

Alguns já não têm mais olhos para chorar
outros olham sem acreditar

Brasil o país do futuro
cantilena esquelética
já não pode mais ser cantada

Não o digam mais

Seria o paroxismo indecente
de palavras ensanguentadas
que por fim
abandonaram as ideias
engolfadas
pelo soluço da massa perdida
feita de corpos
aglutinados...

Mas nada
no mundo

Ensombrece

A esperança
que repousa
na vida
adormecida
que aguarda
em meu colo

Sussurro

No quarto do hotel
acossa-me
uma sensação

Refúgio sonolento
da paisagem estrangeira
desta passageira
vontade
de pegar
algum trem
que me sussurra

Tenho que ir para casa

Que casa
casado estou
com a explosão
imanente
de ser
quem sou

Persistência recalcada

Em busca da negatividade
não corrosiva
das sílabas quebradas
reveladoras
do oculto sentido
da
paisagem estrangeira
que

Sou

A última oração

Todas as noites
atualiza-se
a voragem dos tempos
e seus inevitáveis açoites

Devoram com avidez
as expressões vazias
dos rostos amolecidos
que não carregam uma gota de timidez

Os sorrisos claudicantes
certos do dia seguinte
cintilam em luzes
bruxuleantes

Uma promessa qualquer
de um sol dormente
prestes a queimar
todos os mal-me-quer

Tenho um dia
a menos

Que eu possa
ao menos dar mais um bom dia

E por fim
como nota de repúdio
orar uma última
oração contra mim

Tempo fonte

Ontem trabalhei durante quatorze horas
ontem desde quando?
desde agora

Hoje cedo consegui beijar a testa de minha filha
hoje cedo desde quando?
desde agora

Em quatro meses visitarei meus pais
em quatro meses desde quando?
desde agora

Um dia desses morrerei
um dia desses desde quando?
desde agora

Lágrimas dos céus

As lágrimas que ainda não são
gestam-se
na pena do chapéu
do verbo humano
de todos os dias

Personagens e cenários
habitantes
de nossas imagens
imanência da ausência em
potência

Em um dia qualquer
olhos apertados
trarão à luz
as lágrimas mais dolorosas
da ausência

Restar-nos- à
contemplar
um vento qualquer
movendo
em silêncio
uma nuvem quieta

Cuidado

Meu dito
mal-dito
mal-diz
o
dizer
do outro

Céu ensombrecido

Nuvens ilegíveis
ocultam
a dourada luz
insinuante

Indecisa
entre
a luminescência diante do paraíso
e
a obscurecência ante o abismo

A terra é quem decide

Não importa
um avião cortou o céu

Protejam tuas sombras
nelas ainda resta algum mistério

Talvez lá encontrem
uma última palavra

Os ponteiros nos abandonaram

Antes de nosso encontro
éramos nada
um ao outro

Agora somos
muito
um ao outro

Instituições
do mundo
burocracias
em relação

Abismos
sem fundo
falta de espaço
em relação

Abraços perdidos
beijos esquecidos
falta de tempo
em relação

Na ilusão

Da continuação

Destes corpos

Sem relação

Expurgo

O gosto de um deus
placentário
ensanguentado
não deixa minha boca

É preciso parir esse deus
a fim de saborear
um mundo
por nascer

Morte em vida

Das batidas nos escudos para a guerra
às batidas na madeira para o isolamento

Da dor da batalha
à dor do medo de sentir dor

Não se sofre

Não se morre

Não se vive

Olho nos olhos

Para além da morte

Para além da vida

Retorno

Aqui estou

Retornado à origem
embalado pela velocidade
sem vertigem

Desse
povo de sol
que gasta o tempo
na lentidão possível do caracol

Aqui estou

Na Explosão imanente
da Expulsão que não sente
a Extorsão da mente

Sou em um instante

Um gesto
inaudível
invisível
imortal

Sou o instante

Ouço-me
em única voz

Vejo-me
em única imagem

Morro-me
em única morte

Diante do mar

Movimento

O ventilador, incansável
vai, volta, vai, volta
empurra a porta
a dobradiça range por óleo
umas gotas lá fora
discretas, crepitam a maciez de águas celestes, puras
um abajur tímido esconde uma quase luz, ansiosa pelo escuro
preguiça maliciosa
mal revela nada
estou no escuro
do nada a ver, a fazer, a dizer
sou nada
mas sou tudo
porque escrevo
que nada sou
esse
martelado pela realidade
escrevo minha dor
que vai, volta, vai, volta
na alegria inocente
do saber de um dia
que tudo vai e não mais volta
apagar-se-à a luz
finalmente
mas as palavras não me deixam
não saboreio minha morte
há muito, muito por escrever
vivo, logo escrevo
escrevo, logo mato minha morte

A morte da morte

Olho para ti
apossa-me a angústia
dos anos que viverás
na indistinção
de minha ausência

Por isso hoje mato a minha morte

E deixo meu silêncio sim
mas na indistinção da luz poética
que desconhece qualquer fim

Quando meu silêncio quiseres escutar
o encontrarás no adagio 974 de Bach

Quando minhas palavras quiseres ler
as encontrarás nas páginas a correr

Quando quiseres me encontrar
Qualquer sombra em ti me revelará

Enquanto dormes
mato minha morte

Uma nova medida

Meu amor
cabe direitinho em teus olhos
olho-te fundo
e as palavras fogem, envergonhadas
derramo-me por inteiro
no instante que é teu olhar
o tempo abre-se na eternidade
deixo de ser finito
deixo de ser discurso
sou puro acontecimento
na forma de teus enegrecidos olhos
meu único mundo suficiente
só tu és capaz de suspender
a insuficiente dor de ser
a insustentável certeza de um dia não mais ser
um corpo que te olha, te mede e te protege
um dia, no não dia
no primeiro dia do não mais
no primeiro minuto do sumiço de minha voz
ouça-me, toque-me, abrace-me
nesta poesia
escrita em uma noite de domingo
de mais um dia
de olhares e sorrisos teus
gargalhadas exasperantes de alegria
olhares arquejantes de profundezas

Filha
meu abismo encontra-se prenhe de amor
meu sentido é você

Voz

A menina sorri, fala o dialeto criancês
linguagem enquanto linguagem
pura
sem ruídos do dialeto adultês
por enquanto ...
a menina pergunta
de onde vem a voz?
calo fundo, busco no mais profundo
silêncio
prenhe de sons
prestes a nascer
buscando atmosfera
meio de aparecer
a pergunta me abraça
sem me abandonar
pergunto-me a todo instante
de onde a voz virá
a matemática da ciência me diz
das cordas vocais
procuro na poesia
para não encontrar
e ter a possibilidade
de simplesmente
a pergunta me habitar
e a não-resposta
em silêncio
me fecundar

Voz originária

Na espessura da noite
vozes grasnam

Incontidos
os animais noturnos
engasgam em
minha garganta

Minha voz é a busca por minha voz
criança encolhida
em um canto do mundo
abandonada
como
um jornal
no esgoto
arremessado por algum leitor
atingido por um tédio qualquer
junto ao verdejante frescor
da relva úmida
perdido
como todos
enfim

A salvação

Cônscio
da brevidade
passageira
dessa vontade
estrangeira
de anunciação
amanheço
outra vez
nas brumas do sono
busco um livro
para salvar o dia
que ainda não é
mas
já foi

Escrevo

A salvação
é completa

Ser

Na ínfima fissura de cada instante
procuro-me
ainda que a voz
anoiteça
nas sombras do medo
do que não pode ser nomeado

Instante

Tudo é meu enquanto olho

E o resto?

É história arredondada

Uma piscadela

Já foi

E contra isso
nada pode
a
vontade

Papel Pólen Bold 90 g/m²

Fontes Sitka 11 e Agarbolita 18

Impresso no Verão/2023